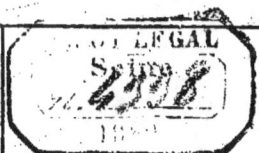

LA

COALITION

INTÉRIEURE

PARIS

E. DENTU, ÉDITEUR

LIBRAIRE DE LA SOCIÉTÉ DES GENS DE LETTRES

GALERIE D'ORLÉANS, 13, PALAIS-ROYAL.

—

1860

LA

COALITION

INTÉRIEURE

40613

PARIS

IMPRIMERIE DE L. TINTERLIN ET Cᵉ

RUE NEUVE-DES-BONS-ENFANTS, 3.

LA

COALITION

INTÉRIEURE

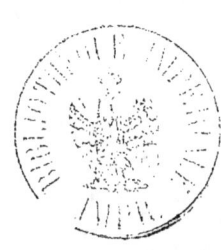

PARIS

E. DENTU, ÉDITEUR

LIBRAIRE DE LA SOCIÉTÉ DES GENS DE LETTRES

GALERIE D'ORLÉANS, 13, PALAIS-ROYAL.

—

1860

Tous droits réservés

LA

COALITION INTÉRIEURE

A

V. DE LAPRADE

MEMBRE DE L'ACADÉMIE FRANÇAISE

———o◉o———

Si je n'habite pas les Alpes où tu siéges,

O poëte! pourtant aux éternelles neiges,

Aux sublimes déserts, aux sommets éthérés,

Ma Muse envoie, hélas! des soupirs ignorés.

De l'idéal aussi je rêve la chimère.

Je n'admets tout au plus que les héros d'Homère.

Je place, comme toi, la gloire à très-haut prix.

J'ai, pour mon pauvre temps, de suffisants mépris.

Mon vers se trempe ailleurs que dans les eaux du Tendre.

A la satire, un jour, j'ai bien osé prétendre ;

Et, la lanterne au doigt, voyant que, sans pitié,

La moitié des humains plumait l'autre moitié,

Tandis que tu planais sur les plus hautes cimes,

Au fond de mon tonneau, j'ai fait : « *Encor des rimes.* »

Mais passons. Ces premiers et modestes essais

N'obtinrent même pas les honneurs d'un procès,

Et cependant, ma verve, en ses rimes fantasques,

S'était plu, maintes fois, à déchirer les masques.

Il n'est qu'heur et malheur ici-bas. J'aurais beau

Déterrer violemment un monseigneur Rousseau,

Rien ne ferait qu'enfin la Correctionnelle
Me jugeât assez grand personnage pour elle.

Or, moi-même, infidèle aux devoirs d'un censeur,
J'allais prendre à la Bourse un emploi d'assesseur,
Adorer le veau d'or, et, me mêlant sans honte
Aux groupes où la gloire elle-même s'escompte,
Faire du trois pour cent, peut-être du trois-six,
Lorsque, soudain, ton chant « *pro aris et focis,* »
Remettant sous mes yeux un horizon sublime,
Vint m'arrêter à temps sur le bord de l'abîme.

O poëte! quels sont les charmes de ta voix?
Tu parles et je veux te suivre dans les bois.
Faut-il ceindre mes reins? Dis-moi les sentiers rudes
Par où l'on peut gagner tes fières solitudes.

Loin des bruits de la terre ou des hommes menteurs;
Génie, emporte-moi jusque sur ces hauteurs
Où tu fais soupirer, dans des chants symboliques,
Au luth éolien des sons *évangéliques*.

Sans doute, dans ces lieux, rien n'arrive d'en bas.
Les haines rampent bien. Elles ne montent pas.
Sur ces sommets bénis, les seules souveraines
Sont la Justice calme et les Vertus sereines.
On est si loin du monde. On est si près du ciel ;
Pour haïr il faudrait n'être fait que de fiel !

Pourtant, quel est ce bruit et d'où vient, dans la ville,
Ce soulèvement sourd, cette rumeur hostile?
On sent planer dans l'air des dangers inconnus.
Est-ce encor les faubourgs et l'émeute aux bras nus ?

Mais l'émeute se tait quand l'ouvrier travaille,

Et l'on n'est plus aux temps du journal *la Canaille*.

Le peuple, délivré du règne des bavards,

Ne trouble plus la rue et fait des boulevards

Où, par ses propres mains, la boue aristocrate

Remplace, chaque jour, le pavé démocrate.

Est-il intervenu quelqu'impôt sur le sel?

Allons-nous rencontrer les bourgeois de Marcel?

Est-ce le vigneron, ou bien est-ce l'ivrogne

Qui se plaint des traités sur les vins de Gascogne?

L'armée, humiliée, a-t-elle sur son front

Rapporté de Milan quelque sanglant affront?

Et le contribuable, en récoltant ses raves,

A-t-il quelque reproche à faire à nos zouaves?

Non. La rue est tranquille et le bourgeois frondeur

Dans de féconds travaux consume son ardeur.

Albion crie et tremble, et l'Europe étonnée,

Paraît s'être soumise à notre destinée.

Dix-huit cent quinze, enfin, veut se remettre à neuf

Et cherche à vivre en paix avec quatre-vingt-neuf.

Pourquoi donc aujourd'hui tant de jérémiades?

Quels sont ces cœurs chagrins et ces esprits malades,

Qui, de tous nos progrès, tristes et malheureux,

Ne trouvent rien de bon qui ne soit fait par eux?

Ah! ne sois pas si fier des hauteurs où tu planes.

Le temple s'est ouvert à nos luttes profanes.

Comme aux temps de malheurs, le ciel s'est obscurci.

Messieurs les Immortels ont froncé le sourcil,

Et de troubles nouveaux, la France menacée

Voit interrompre encor la *lettre* commencée.

Que viens-tu nous parler des passions d'en bas?

Il est plus près de toi le mal que tu combats.

Si le corps social meurt d'une fièvre ardente,

La faute en est à vous, coterie imprudente,

C'est vous, fils du passé, c'est vous, vieillards aigris,

Vous qui, de vos regrets fatiguant les esprits,

Envieux du présent, mettez votre courage

A saper une paix qui n'est pas votre ouvrage,

Et qui, lettrés diserts, mais mauvais citoyens,

Allez à votre but sans souci des moyens.

Tu parles de Tartufe. Ah! de grâce, regarde!

Vois-tu ce petit vieux dont le style se farde?

Dans l'auguste cénacle il occupe un haut rang.

Il rit comme Voltaire et joue au Talleyrand.

Son esprit tortueux et les plis de sa face

Se prêtent sans effort à plus d'une grimace.

Il sait, suivant les cas, prendre un visage *ad hoc*,

Il sait fouler aux pieds ou revêtir le froc.

Lui qui fit à l'Église une guerre effroyable,
Il plaide pour le Pape, il plaidrait pour le Diable.

N'entrons pas, si tu veux. Voici sur l'escalier
De deux nouveaux amis un groupe singulier,
Hegel a fait, dit-on, un pacte avec *Lactance*.
Entre les bras de l'un, l'autre fait pénitence,
Et le prélat promet, pour cimenter l'accord,
Avec les esprits forts de se faire esprit fort.
L'autel aura souffert un peu de sa promesse ;
Mais l'honneur du parti valait bien une messe.

Pour Calvin, ni pour Knox il n'est plus de fagot.
Le blanc Dominicain sourit au Huguenot.
Contre l'ogre commun, pourvu qu'on ait une arme,
On est le bienvenu, qu'on soit Athée ou Carme.

« *Il est avec le ciel des accommodements.* »

En style de pamphlets on fait des mandements.

Le zélé néophyte, auprès des Ursulines

Trouve sa récompense et goûte leurs pralines.

Pour un de leurs fauteuils, les quarante érudits

S'assurent indulgence et place au Paradis.

Faut-il un général ? un miracle ! et sa goutte

Se guérit dès l'instant qu'il veut se mettre en route.

Un miracle plus grand, c'est sa conversion.

Marceau va réparer les malheurs de *Sion.*

Très-bien ; mais, ô poëte ! est-ce pas, je te prie,

Ce qui dans notre langue a nom : Tartuferie ?

Tartufe, à mon avis, n'a pas changé de ton.

Seulement le dévot prend des airs de Caton.

Au sortir de l'église, il hante le portique,

Et sa dévotion est toute politique.

O vous! brillants rhéteurs, qui, pour guérir nos maux,

N'avez jamais rien fait que dire de grands mots,

Qui, pour la liberté, quand vous aviez la Chambre,

Avez, par peur, alors, fait les lois de septembre,

Est-ce à vous de crier : Liberté, Liberté?

D'où vous vient aujourd'hui tant de sécurité?

Un jour, le sol trembla sous vos pieds, et sans lutte,

Entraînant, avec vous, dans cette horrible chute,

Les trônes, les autels, nos lois et nos foyers,

Tous, vous tendiez les mains, comme font les noyés.

Qui donc vous a sauvés du torrent populaire?

Votre sauveur n'a pas le bonheur de vous plaire.

Sentez-vous à ce point la perte du pouvoir

Que vous en oubliiez ces jours de désespoir?

Pour nous, nous sommes las de vos cabales vaines.

Tâchez donc de calmer vos ridicules haines ;

Retournez, s'il se peut, à vos doctes travaux,

Cessez de remuer, intraitables dévots,

Juvénals sans justice ou Catons sans entrailles,

La mémoire des morts et leurs vieilles ferrailles.

Car si, peuple léger, nous étions assez fous

Pour nier le progrès et revenir à vous,

Nous passerions bientôt, de ruine en ruine,

De l'ère des Césars à l'ère byzantine.

FIN.

www.ingramcontent.com/pod-product-compliance
Lightning Source LLC
Chambersburg PA
CBHW061529170626
46811CB00004B/1897